月亮，生日快樂

文・圖／法蘭克・艾許

翻譯／高明美

上誼文化實業股份有限公司

月亮，生日快樂《上誼世界圖畫書金獎系列31》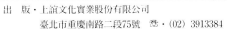

原著者・Frank Asch
譯　者・高明美
發行人・何壽川
總編輯・高明美
企　劃・陳冠華
文字編輯・鄭榮珍
美術編輯・陳玉敏、李秀貞
生產管理・吳志強
行政院新聞局局版臺業字第3522號

出　版・上誼文化實業股份有限公司
　　　　臺北市重慶南路二段75號　☎・(02) 3913384
印　刷・中華彩色印刷股份有限公司
裝　訂・大興圖書印製有限公司
定　價・新臺幣 250 元
郵　撥・10424361　上誼文化實業股份有限公司
1995年9月初版　1996年4月12日初版二刷
ISBN　957-762-041-8 (精裝)

一天晚上，小熊撞頭望著天空，
心裏想：送一個生日禮物給月亮，
不是挺好的嗎？

可是，小熊不知道月亮的生日是
哪一天，也不知道該送什麼才好。
於是，他爬上一棵高高的樹，
去和月亮說話。
「你好，月亮！」他大叫著。
月亮沒有回答。
小熊想：也許我離得太遠了，
月亮聽不到。

於是，他划船渡過小河……

走過樹林……

爬ㄚˊ到ㄉㄠˋ高ㄍㄠ山ㄕㄢ上ㄕㄤˋ。

小熊心裏想：現在我離月亮近多了，

他又開始大叫：

「嗨！」

這一次從另一個山頭傳來了回聲：

「嗨！」

小熊高興極了。

他想：哇，好棒！

我在和月亮說話了呢！

「告訴我，」小熊問，

「你的生日是哪一天？」

「告訴我，你的生日是哪一天？」

月亮回答說。

「嗯，我的生日剛剛好就是明天耶！」
小熊說。

「嗯，我的生日剛剛好就是明天耶！」
月亮說。

「你想要什麼生日禮物呢？」
小熊問。

「你想要什麼生日禮物呢？」
月亮問。

小熊想了一會兒，然後回答說：
「我想要一頂帽子。」

「我想要一頂帽子。」月亮說。

小熊想：太棒了！現在我可知道該
送什麼給月亮了。

「再見了，」小熊說。
「再見了，」月亮說。

小熊回到家，就把小豬撲滿裏的錢，
全部倒了出來。

然後他上街去……

為ㄨㄟ月ㄩㄝ亮ㄌ一ㄤ買ㄇㄞ了ㄌㄜ一一頂ㄉ一ㄥ漂ㄆ一ㄠ亮ㄌ一ㄤ的ㄉㄜ帽ㄇㄠ子ㄗ。

當天晚上， 他把帽子掛在樹上，
好讓月亮找到。

然後他在樹下等著， 看月亮慢慢的

穿過樹枝，爬到樹枝頭，戴上帽子。

「哇！」小熊高聲歡呼著。

「戴起來剛剛好耶！」

小熊睡覺的時候，帽子掉到地上了。

第二天早上，小熊看到門前有一頂帽子。

「原來月亮也送我一頂帽子！」他說著，

就把帽子戴起來。他戴起來也剛剛好耶！

23

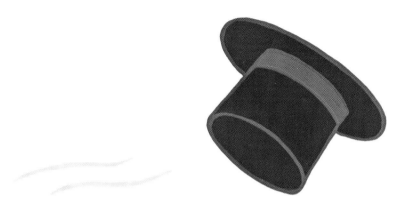

就_{ㄐㄧㄡ}在_{ㄗㄞ}這_{ㄓㄜ}個_{ㄍㄜ}時_ㄕ候_{ㄏㄡ}，　一_ㄧ陣_{ㄓㄣ}風_{ㄈㄥ}把_{ㄅㄚ}小_{ㄒㄧㄠ}熊_{ㄒㄩㄥ}的_{ㄉㄜ}帽_{ㄇㄠ}子_ㄗ
吹_{ㄔㄨㄟ}走_{ㄗㄡ}了_{ㄌㄜ}。　他_{ㄊㄚ}在_{ㄗㄞ}後_{ㄏㄡ}面_{ㄇㄧㄢ}追_{ㄓㄨㄟ}著_{ㄓㄜ}……

但$_\text{カ'ゔ}$是$_\text{ア'}$，帽$_\text{ㄇㄠ'}$子$_\text{ァ}$卻$_\text{くいせ'}$飛$_\text{ㄈㄟ}$走$_\text{ㄗㄡ'}$了$_\text{カさ}$。

那天晚上，小熊划船渡過小河……

走ㄗㄡ˘過ㄍㄨㄛˋ樹ㄕㄨˋ林ㄌㄧㄣˊ……

去_{ㄑㄩˋ}和_{ㄏㄜˊ}月_{ㄩㄝˋ}亮_{ㄌㄧㄤˋ}說_{ㄕㄨㄛ}話_{ㄏㄨㄚˋ}。

好一陣子，月亮都不說話，
小熊只好先開口了。

「你好！」他叫著。

「你好！」月亮回答了。

「我把你送我的那頂漂亮的帽子
搞丟了，」小熊說。

「我把你送我的那頂漂亮的帽子
搞丟了，」月亮說。

「沒關係，我還是一樣喜歡你！」
小熊說。

「沒關係，我還是一樣喜歡你！」
月亮說。

「生日快樂！」小熊說。

「生日快樂！」月亮說。